AF403757

DISCOURS

PRONONCÉS

DANS L'ACADÉMIE

FRANÇOISE,

Le Samedi 23 Juin M. DCC. LXX.

A LA RECEPTION

DE M. DE SAINT-LAMBERT,
ci-devant Grand-Maître de la Garde-robe du feu
Roi de Pologne, Meſtre de Camp de Cavalerie.

A PARIS,

Chez la V. REGNARD & DEMONVILLE, Imp. de l'Académie
Françoiſe, au Palais, à la Providence, & rue baſſe des Urſins.

M. DCC. LXX.

M. DE *SAINT - LAMBERT ayant été élu par Messieurs de l'Académie Françoise, à la place de M. l'Abbé* TRUBLET, *y vint prendre séance le Samedi 23 Juin 1770, & prononça le Discours qui suit.*

MESSIEURS;

LES hommes dont les ouvrages honorent la Nation, enlèvent vos suffrages; mais vous les accordez quelquefois à ceux qui savent sentir & admirer les vrais talens; vous leur savez gré du choix de leurs études, & vous leur pardonnez de ne pas étendre la carrière des arts, lorsqu'ils y suivent la route de nos grands Maîtres. Vous recevez aujourd'hui leur disciple & le vôtre ; mais un titre qui m'est plus cher a réuni pour moi vos suffrages :

A ij

c'eſt l'amitié qui me lie à pluſieurs d'entre vous, & ce titre méritoit d'être compté.

Les hommes célèbres feroient à plaindre, s'ils n'étoient conſolés par l'amitié des critiques qui les calomnient, & des louanges qui les rabaiſſent. L'ami qui s'aſſocie à leurs peines, qui leur fait prévoir & ſentir la gloire, qui les excite à faire de nouveaux préſens au ſiècle qu'ils enrichiſſent, peut mériter de partager leurs honneurs.

M. l'Abbé Trublet fut digne par ſes Ouvrages d'être admis dans une Société compoſée d'hommes illuſtres; mais en l'honorant de votre choix, vous récompenſiez en lui l'homme de mérite & l'ami de M. de Fontenelle. Avec un eſprit fin, pénétrant, exact, M. l'Abbé Trublet obſervoit le caractère, l'eſprit, le goût, le ton de ſon ſiècle: ce talent rare eſt néceſſaire pour avancer la philoſophie des mœurs; il faut des faits, des obſervations à la morale, comme à l'étude de la nature: c'eſt d'après les expériences qu'on connoît l'homme & l'univers.

M. l'Abbé Trublet a enrichi le Public de ſes excellentes obſervations; il ſavoit encore choiſir & recueillir les obſervations des hommes célèbres avec leſquels il a vécu: ce travail étoit ennobli par ſon objet, l'Auteur vouloit être utile.

Ce but ſi noble eſt long-temps ignoré des hommes qui cultivent les Lettres, lorſqu'elles renaiſſent chez des peuples barbares qui ont perdu l'énergie & la ſimplicité ſenſée des Nations ſauvages. Chez ces derniers la Poëſie & l'Eloquence peuvent avoir de la force & de grands objets. Ces hommes qui ne connoiſſent encore ni les règles ni les loix, ſont inſpirés par l'admiration, par la paſſion noble de graver dans les cœurs l'image des belles actions, les vérités utiles. Les chants des Bardes, des premiers Grecs & des Scandinaves, ne ſont que l'expreſſion de la nature. Mais les chants, les diſcours de ces hommes indépendans, qui ne parloient qu'à leurs égaux, ſont ſouvent ſublimes.

Chez des peuples barbares, c'eſt-à-dire qui obéiſſent à de mauvaiſes loix, les hommes ſont partagés en deux claſſes, celle des eſclaves & celle des tyrans. Les uns ſont abrutis ſous le poids de leurs fers, & les autres ſont endurcis par l'habitude d'opprimer. Ceux-là manquent de l'énergie qui donne de la force aux ouvrages, & ceux-ci du ſentiment qui en fait le charme. Les uns ne ſont pas dignes de chercher, & les autres d'entendre la vérité.

S'il naît chez ce peuple un homme de génie, le déſir d'être utile n'élève pas ſon cœur; l'eſpérance de la gloire n'étend pas ſes vues, elles ſont bornées comme ſes deſſeins; il remplace les vraies beautés par des ornemens de fantaiſie, parce qu'il ignore la belle nature, qui n'eſt ſentie ni des eſclaves ni des tyrans.

Lorſque les Sauvages du Nord laiſsèrent reſpirer l'Europe dévaſtée, & que le gouvernement féodal fut établi fur les ruines de la liberté & des arts, les Seigneurs dans leurs cours pauvres & barbares, connurent l'ennui & le befoin d'être flattés. Les tournois & les jeux ne rempliffoient pas le vuide de leurs jours. On eut des Romans pleins d'un merveilleux abfurde, des Hiftoires dictées par l'envie de tromper & par la paffion d'étonner. On eut des vers fans ame, fans harmonie, fans idée. La licence & la fuperftition régnoient enfemble dans les mêmes ouvrages. La galanterie y répandoit fes formes, fes petites penfées & fes exagérations. Les Belles-Lettres s'appeloient alors la fcience gaie, non qu'elles infpiraffent la gaieté, mais parce qu'elles avoient le mérite de ne pas inftruire. Tous les Auteurs avoient le même ftyle & la même manière. Lorfque François Ier. fit briller l'aurore du goût, la lecture des Anciens & l'exemple de l'Italie n'apprirent pas aux François à traiter les fujets nobles. Saint - Gelais & Marot chantoient du même ton les plaifirs & les héros. Le feul François qui ofa penfer, n'ofoit inftruire, & prit pour plaire le mafque d'un bouffon.

Lorfque Catherine de Médicis apporta en France l'amour des Lettres & la confidération pour ceux qui les cultivent, elle n'y put infpirer ces fentimens, & fans doute elle les perdit elle-même. Les Jodelle, les Hardi, les Garnier ne pouvoient plaire à une Princeffe accoutumée aux Mufes de Florence. Les uns fardoient groffièrement la nature, d'autres la copioient fervilement. L'indécence

& les mauvaifes mœurs aviliffoient ces productions fans génie. Montagne, qui pour ainfi dire avoit été élevé dans l'ancienne Rome & dans Athènes, Montagne qui par fon éducation étoit étranger à fa Nation & à fon fiècle, fut le premier François qui mit de la raifon dans fes Ouvrages.

Balzac & Voiture, qui le fuivoient, n'eurent pas comme lui le don de penfer. L'un étonna par des idées gigantefques, revêtues d'un ftyle emphatique; l'autre par l'abondance de fes plaifanteries auxquelles il manquoit de la nobleffe & de la gaieté.

Le grand Homme qui devant la Rochelle domptoit le fanatifme de fes ennemis, l'indocilité de fon armée & les mers ; ce Miniftre qui appeloit à la liberté l'Empire & l'Italie, qui divifoit l'Angleterre, foutenoit la Hollande, conduifoit Guftave, & faifoit fuccéder en France l'ordre de la Monarchie à l'Ariftocratie tumultueufe des Grands, Richelieu fentit le bien que les Lettres pouvoient faire. Environné de factions & de troubles, il penfa que les plaifirs de l'efprit pouvoient occuper les loifirs d'une Nobleffe guerrière, l'éclairer fur fes vrais intérêts, l'attacher à fes devoirs, & la rendre docile.

Il vous inftitua, MESSIEURS, pour hâter les progrès du goût, parce que les Lettres ne font utiles que lorfque le goût eft perfectionné. Alors par le choix des fujets, & par la manière dont ils font traités, les ouvrages du génie dirigent l'opinion, & influent fur les mœurs.

Quelle lumière ne répandit pas fur la Littérature
une fociété d'hommes favans, éclairés l'un par l'autre, qui difcutoient entr'eux le mérite des différens
genres & les beautés qui leur font propres, la mé-
thode qu'il faut dans les ouvrages de raifonnement,
& l'ordre qui convient aux ouvrages d'imagina-
tion; qui examinoient quels font les fujets les plus
heureux, & ceux qui demandent plus de talent;
quels caractères intéreffent, quels font ceux qui
ne font qu'étonner; comment ils contraftent fans
affectation; quelle forte de merveilleux plaît aux
hommes raifonnables; quels tours font admis
dans un genre, & rejetés d'un autre? N'eft-ce pas
à ces converfations que la France dut en partie
ce bon goût, que les Etrangers les plus jaloux de
notre gloire reconnoiffent dans la Nation, & ad-
mirent dans notre Littérature?

Répandre le bon goût, Messieurs, c'eft apprendre à l'homme à fentir fa perfection, & à
l'augmenter; c'eft lui apprendre à jouir des plaifirs qui élèvent l'ame, & à dédaigner ceux qui
l'abaiffent. Eh! combien la perfection du goût
ne demande-t-elle pas la connoiffance de l'homme, de fes paffions, des caufes de fes plaifirs!
Combien le bon goût ne tient-il pas à l'amour
de l'ordre & au fentiment délicat de la décence!
Former le goût, c'eft éclairer l'efprit, c'eft épurer
les mœurs, c'eft difpofer les Nations à fe pénétrer
des fentimens vertueux répandus dans les ouvrages
du génie. Les lumières de l'Académie & les pre-

miers

miers essais de Corneille, préparoient aux grandes beautés de Corneille même & aux chefs-d'œuvres de son rival. La France fut digne d'applaudir Andromaque & Cinna, & de jouir des plaisirs élégans & nobles qu'on lui donnoit dans tous les genres. Fenelon inspiroit aux maîtres du monde la simplicité des mœurs, l'humanité & la justice. Despréaux & la Bruyere rendoient ridicules le mauvais goût & les travers de tous les temps. Moliere avec plus de force & de philosophie, poursuivoit les vices & les défauts que ne punissent point les loix. La Fontaine, Poëte, dont la lecture commence l'éducation, charme l'âge raisonnable, & amuse la vieillesse ; la Fontaine dans ses fables ornoit des grâces les plus aimables la vertu & le bon sens. Dans des genres moins austères on vit une réserve, des bienséances, une délicatesse que les Etrangers ignorent, que les Anciens n'ont pas connue, & qui prouve le respect pour les mœurs dans les momens même de l'égarement.

Tel a été, Messieurs, le caractère des Lettres dans leur second âge. Elles ont dirigé, adouci, ennobli les mœurs sous le règne d'un Roi digne de donner son nom au plus beau des siècles ; parce qu'il a su faire usage des talens si communs dans ce siècle ; parce qu'il est plusieurs de ces talens qu'il a fait naître; parce qu'il a aimé les Lettres avec discernement; parce qu'il a aimé l'ordre, la décence, la gloire de la Nation & la sienne ; & que si ses Courtisans l'ont quelquefois égaré, ils n'ont jamais pu le corrompre.

Tant de chefs-d'œuvres où les lecteurs trouvoient des plaisirs & des instructions salutaires, ce charme invincible attaché à tout ce qui porte le caractère du génie & du goût, occupoient la Nation des ouvrages des grands Hommes : leurs pensées fortes ou profondes forçoient les lecteurs à penser. Les succès des Poëtes & des Orateurs, en donnant le désir de les suivre, ôtoient l'espérance de les atteindre. On cherchoit par quelle suite de réflexions ou par quel don de la nature ils étoient parvenus au sublime. Ces recherches étoient une source de raisonnemens & de découvertes. Les Lettres prenoient insensiblement un nouveau caractère ; elles avoient un nouveau genre d'utilité. Le talent de discuter l'homme & de le régler, vint se placer à côté du talent de l'inspirer & de le peindre. C'est ainsi, MESSIEURS, que commençoit le troisième âge des Lettres, & le siècle de la Philosophie.

Quels services ne lui a pas rendus une Société qui s'occupe du soin de perfectionner la Langue ? Entrez sous le portique célèbre de Zénon, parcourez les allées sombres du Lycée, & voyez une foule d'hommes de génie divisés par les mots seuls, défendre l'un contre l'autre les mêmes opinions ; voyez-les donner des mots pour des pensées, & couvrir sous l'obscurité du langage la partie foible d'un système. Hélas ! ce même abus des mots introduit des sens contraires dans les traités, dans les dogmes religieux & dans les loix. La discorde, les cris de la dispute & les charlatans éloignent de la terre la paix & la vérité jufqu'à ce moment où les hommes s'impofent d'attacher un fens fixe aux fignes de leurs idées. Votre Dictionnaire, qui eft un recueil de définitions , devoit faire difparoître les notions confufes & indéterminées, les querelles ridicules & fanglantes, le tumulte de l'école, la vaine fubtilité , les fophifmes, la fauffe éloquence: & la France lui doit en partie cette clarté & cette précifion qui règne dans les ouvrages de fes Phi-lofophes.

Secondée par vous, MESSIEURS, la raifon a fait des progrès qui l'étonnent elle-même. Vous avez fait naître une métaphyfique plus fimple , & pour ainfi dire expérimentale, qui fuccède aux idées vagues des Anciens. Nous avions fur l'entendement humain des mots & des fyftêmes, & l'un de vous nous en a donné l'analyfe.

Elle doit fervir de bafe à une morale plus lumi-neufe, qui à fon tour répandra des lumières fur l'art de conduire les hommes, & fur les principes des beaux Arts.

Vous avez vu dans un difcours que Bacon eût admiré, l'origine des fciences, la chaîne qui les lie, le caractère de chacune d'elles , les avantages qu'elle procure, le génie qu'elle demande.

Vous avez aimé ce guide du genre humain, ce Légiflateur des hommes, cité aujourd'hui dans les affemblées des peuples libres & dans les Confeils des Rois, & de qui les uns & les autres peuvent apprendre leurs droits & leurs devoirs.

Vous admirez, vous aimez le plus grand Poëte de ce siècle : il doit votre hommage & celui des Nations à l'harmonie & à l'éloquence de ses vers, mais plus encore à sa philosophie, & au talent divin d'inspirer cette humanité, qui à mesure que les hommes s'éclairent, devient la première des vertus.

C'est dans ce siècle, MESSIEURS, qu'une critique savante s'est unie à la science des faits. Lorsqu'à la renaissance des Lettres on remua les décombres de l'antiquité, chaque morceau des ruines parut un monument : l'erreur appuye l'erreur, & des faits altérés étayèrent de fausses opinions. Mais si dans l'enfance des hommes & des Nations les opinions & les faits sont reçus avec crédulité, il est pour les Nations & pour les hommes un âge mûr où le vrai seul est admis.

Cet esprit de critique, ces nouvelles lumières, ont changé l'histoire. Si elle ne doit pas être un recueil de dates, de noms, d'intrigues, de combats peu importans, de portraits imaginaires, elle vient de naître. On doit à plusieurs d'entre vous des histoires particulières & générales, où ce qui intéresse les hommes n'est plus oublié. On peut y connoître les climats, les productions, l'industrie, les institutions civiles & religieuses, les loix, les arts & les mœurs des Nations. Les Historiens ne sont plus des témoins prévenus, ils sont des Juges ; & l'histoire qui n'étoit que l'école des ambitieux, devient celle des hommes d'Etat.

Ces ouvrages du premier ordre, écrits avec les

charmes du ſtyle, ont augmenté dans la Nation l'amour des connoiſſances; déja inſtruite, elle a cherché à s'inſtruire encore. Le commerce, les finances, l'induſtrie intérieure, la guerre, la juriſ-prudence, toutes les ſciences qui influent immé-diatement ſur nos deſtinées, ont fait des pas vers la perfection.

La France, aujourd'hui commerçante & cultiva-trice, riche & ſavante, polie & guerrière, eſt di-gne de ſeconder les intentions de ſon Roi. Nous avons vu ce Prince forcé à prendre les armes, par l'un de ces enchaînemens de circonſtances qui en-traînent les Rois les plus ſages; nous l'avons vu dans les ſuccès ſignaler ſa modération, & après des revers qu'il n'avoit pas dû prévoir, nous donner une paix heureuſe. Nous le voyons aujourd'hui ra-nimer l'agriculture, encourager le commerce, pro-téger, ſoutenir, augmenter les établiſſemens en faveur des ſciences. Tantôt un ordre de ce Prince envoie au pole & ſous l'équateur meſurer la terre & déterminer ſa figure; tantôt il fait inſtruire les agriculteurs dans l'art de guérir ces animaux, que l'homme aſſocie à ſon travail, & les ſeuls eſclaves que lui ait permis la nature. Auprès de l'aſile où les défenſeurs de la Patrie jouiſſent du repos, ſont fermés les Guerriers qui eſpèrent la défendre. De nouvelles Eccles, où de jeunes Deſſinateurs eſ-ſayent leurs crayons, s'ouvrent à côté des Acadé-mies qui enſeignent l'art de fertiliſer la terre : & cependant la valeur impatiente des François eſt foumife à cette difcipline exacte & févère, fans laquelle aujourd'hui les héros ne peuvent plus être vainqueurs.

Voilà, Messieurs, comment les Rois méritent la gloire, & c'eft la Philofophie qui en donne aux hommes une jufte idée. Chez des peuples barbares encore, la gloire eft accordée à ce qui n'eft que difficile ou extraordinaire ; chez des peuples inftruits, elle s'obtient par des actions, des loix, ou des ouvrages utiles. Elle eft chez les premiers l'expreffion de l'étonnement univerfel : elle eft chez les feconds le cri de la reconnoiffance.

C'eft là, Messieurs, la gloire dont vous infpirez l'amour ; vous en faites jouir ceux qui célèbrent dignement les Rois fages, les Miniftres citoyens, les Héros qui ont défendu la Patrie, les Philofophes qui l'ont éclairée, les Poëtes qui, en l'inftruifant, en ont fait les délices. Vous avez fixé les premiers regards de la jeuneffe fur le caractère des grands Hommes. C'eft en les chantant que le génie naiffant effaye de plaire. Avec quels applaudiffemens n'avez-vous pas couronné, avec quelle joie n'avez-vous pas vu fe placer parmi vous un homme digne par fes mœurs & fon éloquence d'être le panégyrifte des grands talens & des vertus ?

Quelle émulation cette inftitution fublime ne doit-elle pas exciter ? Quels efforts ne doivent pas faire les citoyens pour mériter de la Patrie une reconnoiffance que vous rendez éternelle ? Vous voulez donc que d'âge en âge la Nation parle avec tranfport de fes bienfaiteurs? Rois, Miniftres, Citoyens puiffans, foyez juftes, humains, fidèles à vos devoirs, dévoués à l'Etat : & nos derniers neveux, dans la poftérité la plus reculée, verferont des larmes d'admiration & d'amour en fe rappelant le fouvenir de vos vertus.

Oui, MESSIEURS, chercher, découvrir, infpirer des vérités utiles, montrer l'ordre dans fa beauté, la gloire dans fa fplendeur, faire aimer le Prince, le travail & les loix : voilà les objets que vous vous propofez, & voilà ce qui a mérité à la Littérature françoife l'eftime de l'Europe entière. C'eft ici la contrée où les Pitagores voyagent pour s'inftruire ; c'eft ici l'Athènes où veulent être loués les Alexandres. Les Souverains amis des hommes, les jeunes Princes qui fe difpofent à les imiter, les Miniftres qui veulent le bien, les Grands, les Magiftrats qui méritent l'eftime univerfelle : voilà les hommes qui vous aiment.

Ceux qui peuvent craindre que vous ne déchiriez le voile qui couvre des abus auxquels ils doivent leur exiftence ; les oifeaux de nuit qui veulent pourfuivre leur proie dans les ténèbres ; l'envie décorée & puiffante ; la vanité s'indignant que des titres foient éclipfés par la gloire ; des Grands qui craignent d'entendre la voix de la poftérité ; des Littérateurs obfcurs qui veulent profaner le Temple où l'on ne reçoit point leurs hommages ; des efprits fecs, incapables de fentir les charmes que l'harmonie & les grâces prêtent à la vérité ; des hommes qui femblent fe dévouer à la haine du vrai & du beau ; tous ceux enfin qui par état, par caractère ou par les circonftances, font les ennemis du genre humain : voilà vos ennemis.

Ils vous fuppofent des vues & des idées que condamnent votre conduite & vos ouvrages ; ils vous attribuent je ne fais quel fyftême chimérique d'égalité, & l'amour d'une indépendance abfurde, qui ne s'allie pas même avec l'amour de la liberté. Ils chargent le Corps entier de la Littérature de la licence de quelques Littérateurs : ils attachent le nom des hommes célèbres à des productions indignes du talent. Les uns voudroient borner les Lettres aux genres les plus frivoles; d'autres voudroient les faire regarder comme un vain luxe. Tous affectent de confondre le chant des Mufes & celui des Syrènes.

Mais l'augufte Maifon qui a fait en faveur des Lettres tant d'établiffemens, dont l'Europe lui rend grâces, protégera dans leur progrès ces Lettres que fa protection a fait naître ; & c'eft ainfi que nos Rois ajouteront au titre de pères de leurs Sujets, celui de bienfaiteurs du genre humain.

Ce jeune Prince, dont l'augufte mariage promet à la France & au monde une paix durable ; ce Prince, l'efpérance de l'Europe, qui a reçu de la nature l'amour de l'ordre & la bonté, apprit de fon fage Inftituteur qu'il n'eft pas une feule vérité dangereufe ni pour les Peuples ni pour les Rois. Ce Prélat, fi refpectable par fa piété & par fes lumières,

mières , apprit à son Elève que l'ignorance seule est favorable aux erreurs & aux abus funestes aux Empires ; & que depuis les progrès universels de l'industrie , depuis les révolutions arrivées dans les arts, dans les opinions , dans la science de con-duire les hommes, les lumières de tous les genres ajoutent aux Etats une force véritable. Protégés par leurs Souverains, rassemblés sous leurs auspices, les Hommes de Lettres feront des efforts nouveaux pour perpétuer les connoissances & pour en augmenter le trésor. Si jamais la Nation perdoit son zele pour le bien, cet esprit excellent qui la vivifie, ce brillant caractère qu'il faut diriger, entretenir, & jamais changer, vos ouvrages , MESSIEURS, réveille-roient en elle ses sentimens vertueux : & c'est ici le Temple où se rallumeroient les deux passions qui font les Citoyens & les grands Hommes, l'amour de l'ordre & l'amour de la gloire.

RÉPONSE de M. L'ANCIEN EVESQUE DE LIMOGES, Précepteur des Enfans de France, au Discours de M. DE SAINT-LAMBERT.

Monsieur,

Je devrois en ce moment ne m'occuper que de vous, & me borner à vous féliciter de la justice que vous rend l'Académie, en vous associant à ses travaux. Mais permettez-moi de suspendre un instant le tribut que je vous dois, pour prendre part à l'événement qui intéresse le plus toute la Nation, & en particulier les Gens de Lettres, à qui il offre un sujet si digne d'exercer leurs talens. Que n'ai-je les vôtres, MESSIEURS, dans une occasion qui les demanderoit !

Les deux Maisons les plus augustes de l'Europe, après l'avoir ébranlée si long-temps par leur rivalité, avoient formé entr'elles une alliance d'autant plus heureuse qu'elle étoit moins espérée. Elles viennent de la cimenter & d'y mettre le sceau par l'union la plus désirable & la mieux assortie à leur grandeur mutuelle. Si d'une part la bonne intelligence des Souverains alliés doit procurer aux Nations une paix & une tranquillité inaltérable, de l'autre les qualités perfonnelles des deux auguftes époux, égales à leurs hautes deftinées, en faifant leur propre bonheur, feront auffi le nôtre, & affureront celui de nos neveux.

Que ne doit-on pas attendre de Monfeigneur le Dauphin, formé par les leçons & par les exemples d'un Père dont la mémoire fera toujours en bénédiction? Héritier de fes vertus, & en particulier de fes fentimens d'humanité, il l'a pris pour modèle, & le fera lui-même de fes defcendans, par le bonheur & l'avantage qu'il aura d'apprendre long-temps l'art de régner fous le plus tendre des Pères, & le meilleur des Maîtres.

La Renommée qui avoit devancé Madame la Dauphine, nous annonçoit des grâces, des talens, des vertus. Ce que nous voyons eft au-deffus de ce que l'on nous avoit rapporté. Madame la Dauphine n'a eu qu'à fe montrer à la Nation pour en gagner le cœur; elle a bientôt éprouvé ce que peut fur les François un air de bonté & d'intérêt joint à des manières prévenantes, fans contrainte & fans affectation. De-là l'empreffement qu'on a de la voir, & les applaudiffemens qu'on lui donne de toutes parts. Nous croyons appercevoir en elle cette augufte Mère, l'honneur de fon fexe, & l'héroïne de fon fiècle par fa fageffe & par fon courage. On lui trouve auffi des traits de reffemblance avec fon augufte Frère, qui poffede éminemment le fecret admirable d'allier la majefté avec la modeftie & l'amabilité, de manière qu'il eft encore plus grand-

quand il veut oublier sa grandeur, que lorsqu'il est obligé de la montrer dans tout l'éclat de sa dignité.

Tout nous promet qu'une Princesse si chère à la Cour de Vienne, & qui fait déja les délices de celle de France, sera la consolation du Roi, la joie de son Époux, le lien de la Famille Royale, l'édification des Peuples, & l'ornement de la Religion, à l'exemple des grandes Princesses que nous regrettons toujours, quoiqu'elles soient si bien remplacées. Quels avantages, quelle splendeur, quelle gloire ne présage pas un mariage contracté sous des auspices si favorables ! Que l'Histoire se prépare à les raconter, l'Éloquence à les célébrer, la Poësie à les chanter.

La Poësie, MONSIEUR, me rappelle naturellement à vous. C'est à vos talens en ce genre que vous devez votre réputation littéraire. Il fut un temps où le tumulte des armes & le repos de l'étude paroissoient incompatibles. Nos anciens Chevaliers ne connoissoient ni les grâces de la parole, ni l'élégance du style ; la valeur étoit leur principal & souvent leur unique mérite. Je ne prétends rien retrancher de la gloire qu'ils se font acquise par la grandeur d'ame & par la noblesse des sentimens : ils avoient même une certaine éloquence qui leur étoit propre ; plus de laconisme que d'atticisme, plus d'énergie que d'urbanité. Les temps sont changés, nos Guerriers aujourd'hui joignent volontiers la gloire des beaux arts à celle des armes. Cette illuſtre Compagnie nous en fournit de grands exemples. Vous en augmenterez le nombre, MON-SIEUR, & vous ne vous diſtinguerez pas moins dans le Lycée que dans le Champ de Mars.

Nous en avons l'aſſurance dans les bontés dont vous honoroit un Roi, grand Capitaine & Homme de Lettres, qui a régné glorieuſement, même après avoir quitté le Trône. Les places que vous avez occupées auprès de ce Prince, Protecteur éclairé du mérite & des talens, font mieux votre éloge que tout ce que mon zèle pourroit m'inſpirer.

Vous ſuccédez, MONSIEUR, à un Confrère eſtimable par ſes connoiſſances, & plus encore par ſon caractère. Né d'une famille que l'ancienneté & la piété rendoient également recommandable, M. l'Abbé Trublet y reçut une éducation que ſon goût pour les Lettres & ſon aſſiduité à la lecture perfectionnèrent en peu de temps. Il ſe fit bientôt connoître par ſes Eſſais de Littérature & de Morale, propres à orner l'eſprit & à former le cœur, imprimés pluſieurs fois & traduits en pluſieurs Langues : ouvrage réfléchi, & qui a mérité à M. l'Abbé Trublet la réputation d'Auteur ſage & judicieux. Il en a compoſé un autre que nous pouvons regarder comme l'ouvrage de ſon cœur. Ce ſont des Panégyriques de Saints. Il eſt naturel de ſe plaire & de réuſſir à louer des hommes qu'on cherche à imiter. C'eſt auſſi par les qualités du cœur que M. l'Abbé Trublet me paroît plus reſpectable, parce qu'elles font plus folides, & qu'il s'eft encore plus attaché à les montrer dans fa conduite qu'à les développer dans fes écrits. Il fut bon ami, bon citoyen, bon Eccléfiaftique ; en un mot, il fut honnête homme.

J'ai dit qu'il fut bon ami : vous avez été témoins, MESSIEURS, de fa liaifon intime & conftante avec cet Homme célèbre (a), qui ayant vécu près d'un fiècle, en a illuftré deux. Avec quelle perfévérance n'a-t-il pas employé fes talens & fes foins pour témoigner à fon ami fon attachement & fa reconnoiffance ! C'eft dans ce commerce des lettres & de l'amitié, qui fait le charme de la vie du Sage, que M. l'Abbé Trublet a paffé une grande partie de la fienne, fans autre paffion que d'apprendre & d'obliger, & fans autre ambition, MESSIEURS, que d'avoir une place parmi vous.

Parvenu à un âge où il eft temps de fonger à la retraite, il n'en trouva pas de plus convenable que fa Patrie. Il y partagea tout fon temps entre fes fonctions eccléfiaftiques & fes études ordinaires, fans négliger les devoirs de la fociété. On ne fortoit de fa converfation que plus inftruit ou plus édifié. Les infirmités de la vieilleffe ne lui firent rien perdre de la vigueur de l'ame. Il facrifia à la Charité & à la Religion l'honnête aifance que lui donnoit un Prieuré ; & fe bornant au fimple néceffaire, il fe démit de ce bénéfice quelques années avant fa mort, en faveur d'un bon fujet, mais

---

(a) M. de Fontenelle.

pauvre, qu'il jugeoit devoir un jour être utile à l'Eglife. Quel défintéreffement, fur-tout dans un âge où l'attachement aux richeffes croît avec les befoins, fouvent fans befoins, quelquefois même dans l'opulence ! Un citoyen fi vertueux & fi bien-faifant ne pouvoit manquer d'être honoré & regretté dans fa Patrie. La Ville de Saint-Malo l'infcrira dans fes Faftes au nombre des Hommes de mérite qu'elle a produits. Je fuis perfuadé, MONSIEUR, que vous nous dédommagerez de fa perte, fans néanmoins nous la faire oublier. C'eft le privilége des Gens de bien, qu'on en con-ferve volontiers le fouvenir.